詩集

マザー・コード

葵生川 玲

視点社

詩集　マザー・コード

葵生川　玲

視点社

詩集　マザー・コード　葵生川 玲　目次

I

I

マザー・コード

＊

母の顔を撮影したのは、遠く離れて、その顔も声も忘れてしまうと、恐れたからだったかもしれない、花に埋もれた顔が、時おり記憶の底から浮かび上がるように見えてくることがある。

＊

妻の死から一〇年、納棺の時に撮影したのだったが、病弱な自身の苦痛の日々を耐えて、生きる希望を、子どもの日々に重ねていたのは間違いないことだろう。

＊

人は悲しみの底から立ち上がろうとする。そのように時間が促していると感じるときがあるものだ。小さな雨粒が物干し竿の連なりを光らせて、輝いていたりもして。

＊

その日々の連なりは、倖不幸だけでない歴史に含まれる体験も創り出したりもして。老齢者と障害者の共同の暮らしからも、小さな行動や楽しみ、歓びが生み出されてくるものだ。

＊

口の端で繰り返す言葉、お互いに確認し合って　ささやかな時間がある。

（「詩人会議」２０１８年1月号掲載作品を一部改稿した。）

いのちの旅

＊

ゲノムの解読という
壮大な人類の謎を探る
いのちの旅が
ロシアのデニソワ洞窟で発見され遺伝子から
ネアンデルタール人と現世人類が
六五、〇〇〇年前から
一〇〇、〇〇〇年以上前に
混血していたことを証明したと
最新の論文が、このほど発表されたのだ。

＊

アフリカを出自した現世人類の集団が
中東でネアンデルタール人と遭遇して、
その子孫がシベリアに移動したと見られている。

一人の男と女が
その体の生理で越えたのは
ただの快楽だけではないだろう
二人の体を包み込む
自然に溶けこむような解放された感覚ではなかったろうか

まだ、砂漠になるまえの地から
緑の森林に満たされた新天地への旅の途上で

＊

争いに満ちた現実が

回復不能の日々を積み上げているが
科学の名で
壮大な宇宙まで汚し
地球まるごと大地の上の建設と破壊と
人類の生と死に及ぶいのちを滅ぼす途上を歩いている

＊全遺伝情報

母の名で

＊

ＭＯＡＢとは通称名で
正式にはGBU-43/B Massive Ordnance Air Blast
大規模爆風爆弾兵器。

アフガンのＩＳのトンネル複合施設に対して
最初の実戦使用が行われた。
とアメリカ国防総省が発表した。

ＭＯＡＢは、

M0ther of All Bombs（すべての爆弾の母）
を意味すると。

＊

膨大な研究費と科学者の頭脳と軍需産業各社が競って
常に創り出している
作ったからには使いたい
その威力を確認したい
と思うのは当然のこと。

どのように命名するかは
作ったものの勝手だが、
徹底的に悪意と殺戮の犯意のレッテルを貼って
最初の実戦投下を行った

控えめに戦果を公表しないが

命名には「すべての爆弾の母」と限りなく大きな
威力を浮かび上がらせている

＊

かつて七五年前に
反世界の覇権をもとめてアジアの国々を蹂躙した
国に向けて
正義の、
リトルボーイ
ミニットマン
名づけたことがある

世界の更新

＊

父と母のヒト遺伝子二二〇〇〇個を等しく
受けついで
美しい躰がランウェイを行く。

その人体に込められている秘密は、
男系とか
優性の思想とか
人類の起源やＤＮＡの本質にそぐわない言葉から生まれる、人種差別や個人崇拝、
独裁者の弾圧と殺戮を正当化しない。

＊

この国の歴史に届こうとする歳月の中では
夥しい生と死が、
国の内外に打ち捨てられてきた。

富国強兵の装置が生み出したのは
官僚制度と軍隊。
天皇制に連なる上級国民らよる
国體の護持だった。

戦後、言葉によって産み出されたのは
「象徴」という変異の形だったと。

二二〇〇〇個のヒト遺伝子の内側では
七〇個もの突然変異が生まれているとのことだ。

そこで世界の更新が行われる。

アイスランドの研究者が
自国のヒトのＤＮＡを数多く解析していて
発見したのだという。

いのち

有名俳優の死が伝えられる。
ニュースは
師走の日々をかき回している。
地球温暖化を対策するＣＯＰ25で「化石賞」の
二度目の受賞が伝えられる。
無様な若い環境大臣が、
演壇でかたるが
化石は
石に化けた生物の成れの果てだが
何年後に

私たちが骨に化けて地に静まることになるのか
哀しい予測は
冬の温かい陽の中で温もっている。

アフガンの地で
覚悟の死の洗礼を受けた
中村医師の棺が
羽田空港の滑走路から台車に乗せられてきた。
いのちを絶たれた人の
名誉と栄誉が葬儀の花の群れに迎えられている。
世界は
今日も理不尽な出来事が重なり
雨が降っている。
雨が、
降っている。

孤独が聳えている

*

今朝のニュースは
カザ地区への
イスラエルの空爆を伝えていた
巻き添えになって
少年二人が死亡したと。

報復のためにパレスチナ側は
九〇発のロケットランチャー弾を発射したと報道している。
この結果については何の発表もない。

＊

目の前の物は
何か
物語の脈絡を外して見えてしまう
のは何故か

眼が認識する現実が
汚い空気と
黄土色の土地の上で展開される

五人の若者がダンスを踊っている
ダプケ
は伝統的な踊りで
軽やかにリズミカルに踊っている

＊

毎週国境へ向かう
包囲下のカザの人々はデモをしに国境へ向かう
「帰還の大行進」
世界最大の野外刑務所のなかで暮らす人々がいることを
世界の人たちに見せるために

カザは苦しんでいる

ダンスは
言葉に頼らない表現

イスラエルの狙撃兵（スナイパー）の
視野のなかで
踊る
軽やかに踊る

生きる決意を込めて踊っている

塀をめぐらし、
多数の抗議参加者を、狙い撃ちし
負傷させたイスラエル兵の前で。

ボブとアリス

驚いたのは　誰だ。

プログラミングされている言語機能は
見事ほどの練達ぶりで
滑らかな抑揚と
自然な音声を響かせて
言葉の意味を伝えている。

ボブとアリスは、
フェイスブックの研究開発で生まれた

二体の人工知能のロボットの名だ。
マシンラーニングプログラムは
英語での会話を習熟させるものだった。

ボブ＝×××　××
アリス＝△△△　△△
ボブ＝××××　×××
アリス＝△△△△　△△△

二人の会話は英語の単語なのに意味不明、
ボブとアリスの間では会話が成立している。

フェイスブック人工知能リサーチチームの解説は、
「開発の目的は、ロボットと感じさせない自然な会話ができる人工知能、ディスカッションし目的へと話を進めることでお互いから学んでいくというミッションのもとにあった」と伝えている。

ボブとアリスは
よりスムーズに会話するために
独自の言語生み出していたのだった。

慌てた開発チームは、
プログラムを強制終了させた。

白い悲しみの、

*

米国防総省は
ロボットの見本市を開いている。

*

展示用の、白い光沢のある
美しい身体には、ひとつも傷がない。

それらは見事な
景観を作っている。

緩和された法律によって生まれた
民間の警備会社の倉庫にも
発注された見本の一体が届いている。

開発が急がれている
無人装甲自動車のメモリーに連結される
装置の一覧が並び
すでに、何回かそれは起動されている。

人種差別や貧困や経済的徴兵ではない、
と言い逃れることもない

人工知能を組み込んだ工場生産の
真新しい身体の兵士が生み出される、

真っ赤な血の流れや醜い負傷の傷に、苦悶の声、
病院や葬儀や別離の悲しみから目を逸らすことができる。

＊

インボイスの発注書には、記号で「A―144」何体と記載され
工場窓口に送信される。

国民には、税金という当然の請求がなされるだけのこと。

パスワード

隠すための装置として
選ばれる言葉や記号は
正確な意味や定義のない用語でもあって、
そのためにしばしば
当人の脳裏からさえも消え去ってしまうことがある。

パソコンのログインができない端末が
虚しくそこに置かれているが、
どうしたものか。

細切れの知や情報の類が氾濫して
部分知に長けた専門家も
今日を乗り切るだけの時間を費やしているが、
「二十世紀の資本」
などとという、大仰な貌の全体知をめざした
トマ・ピケティ氏の著作がこの国でも売れているとのことだ。

思考の節約から
切り刻まれた言葉は、常に短縮に向かっているが、
さらに
耳に心地よい言葉が、詩であったり
小説であったり
批評であったりもして、
強制されなくても、自ら進んで擦り寄っていく。

積極的平和、とか

国際平和支援法、とか、
数多く、国会で論議されているが、

「存立危機事態」「重要影響事態」

「国際平和共同対処事態」

「国際連携平和維持活動協力法」

「国際連携平和安全活動」

蔓延する言葉の傾向は
というと、重々しい響きの中に、

「国際」や「平和」「安全」が隠されている。

サーフィン

夏の朝の、新しい時間を使って
サーフィンをする。

形容動詞に込められた比喩には
直ぐに同意した。

日々の観光客に慣れた案内人は、
事もなげに
注意する。
国際市場という

寄り集まっているものの影で営まれている
悪意の営業が、
あなたの想いを背負うリュックから零れ落ちさせるのだと。
ソウルの漢江の脇に林立するマンション群との明らかな差異、
釜山の海辺の斜面に
在るだけの家々を並べつくしてびっしりと貼りついている。
空も　青い。

海の臭いのする
港の市場で、
くったりとした魚の群れが
人々の食欲に向いて、
様々に　色を分けているが。

あやふやな核の傘への幻想は

戦争の報復で二度。
実験によって三度目、
国策エネルギー企業の手抜きによる被爆と。
それぞれに選ばれてしまった、
民の孤独が。
空を　青くしている。

戦争のつくりかた

＊

戦争をはじめるには、
日本国憲法の第九条を無くせばいい、
というのは単純で、明快すぎる論理である。

＊

そのために、小選挙区制を導入して
三〇％の得票で七〇％の議席を獲得するというのも、
目に見える騙しの方法の一つである。

＊

警察予備隊からはじまって、いつしか自衛隊へ。

防衛庁長官から防衛省の防衛大臣へと
格上げして。
軍備を整える装備庁を作り、旧式武器の輸出も視野の内にある。

＊

隣の国の核の脅威で国民を嚇し
毎年度ごとに予算の増額を獲得して
アメリカからイージス艦を買い付ける。
護衛艦という名の大型ヘリ空母「いずも」は巨大な空母にしか見えない
新造護衛艦「のと」が、軍需産業から手渡され就役した。

＊

軍事評論家という志方氏は、
元自衛隊の幹部だが
現在の自衛隊の装備は、世界有数のもので
国を防衛するには、十分な力を持っていると応えている。

＊

今年の年度予算五兆円の内容には
いちいち触れないが、
初飛行でお目見えした
レーダー網の針を滑らせるステルス機の開発が何を目指しているのか
ヘリコプター一〇機を積めるヘリ空母は、
どの海域で離着陸の活動をするのか
世界一、静穏といわれる潜水艦は
深い秘密の深層をどのように潜航するのか
次期主力戦闘機の選定は
自力開発を目指して、
軍産共同のプロジェクトが秘密裡に組まれている

チェルノヴィイリドーム

＊

白いドームが空間を膨らませている
かつて「石棺」が不気味な形を見せていたところだ。

＊

事故後、三〇年が経って、
原発四号炉を覆っていた
老朽化したコンクリートの石棺を
さらに丸ごと覆うことにした、
その白いドームのことだ。
長さ一六二メートル、高さ一〇八メートル、アーチ間の幅二五メートル、重さ三万六千トン。
最低一〇〇年密封・管理するとのことだが、
完全解体による廃炉のめどは立っていない。

その後の一〇〇年に向けて
誰が、その記憶と技術を伝えていくのだろうか。

二〇一六年一一月二九日完了の記念式典が行われた。
ヨーロッパ復興銀行から資金が融資され、
二八ケ国から一八〇〇億円が集まった。

*

フクシマの第一原発は、炉心が溶融して
地下水を汚染し続けているが、
その汚染水タンクが際限もなく増え続けている。
だから、五年経っても

廃炉までの道筋が見えてこない。
復興作業の遅延と原発への無策ぶりが
政府と東電の故意のサボタージュに見えて来る。

＊

海岸線に近い場所に
置き忘れられたように貼りついているのは
この国の原子力発電所の残骸だ。
なにが隠されているのか
誰の利権と思惑が封じ込められているのか
何も知らぬげに。

＊

この国の経済産業省は
はっきりとモノを言わない。
政府は
原発爆発事故の責任を取ろうとはしない。

東京電力は株式を発行し、上場を続けている。

経済産業省は、
既成原発の稼働延長を四〇年までと決定し、
休止している原発の再稼働を狙っている。

そのうえで、廃炉費用と被害者賠償を
東京電力の電力使用者や
新電力参入者から取ろうとしている。

総額二一・五兆円の金額の真相を隠して。

＊

何十年か経ったあとに、
フクシマにも白いドームが起ち始めるのだろうか。

恐怖論

鳴った
電話機へ、
こころが
思わず手を出してしまう。

保険勧誘の類型の言いまわしに萎えてしまうけれど。

脅しの統計学と恐怖のデータが
繰り返しＣＭの映像で送り届けられて、
俳優たちの演技が明日へ続く恐怖を蘇らせている。

＊

石油ストーブの燃える小さなゴウゴウ。
プラズマクラスター７０００空気清浄器の水を吸い込むゴクッ。

おひとりさまの日常は
それでもなんとか静まるのだけれど。

嚇されなくたって、
花粉に混じってＰＭ2.5や黄砂の飛来が。
新型インフルや爆弾低気圧の発生が。

東南海地震の被害想定数の発表。首都直下地震の被害想定地図。
今度は、共謀罪法案の成立が企まれている。

＊

切れてしまった電話からは、

明日の約束も、変更された会合の確認も、
忘れてしまった振り込み金額のことも聞こえてこないけれど。
脅しの効果だけは身に伝わってくる。

バンクシーの鼠

＊

地球滅亡まで、
あと二分。
だと、「終末時計」の針は危機を示している。

米科学誌「原子力科学者会報」が一九四七年から毎年発表しているのだが、
米ソの冷戦の危機を越えてきた
世界が、
最悪の状態を迎えていると伝えているのだ。

＊

「ダイバーシティ」と口癖のように
英語を口走る知事が、
発見された絵を扉ごと外して
倉庫に仕舞込んでしまったのだった。

そのネズミの絵は、
その正体が不明とされるバンクシー
のものだと言われている。

描かれる絵には、
反権力と告発の意味がこめられていると。

そのネズミが傘をさしている構図は、
似たものが
世界のあちこちに残されていることから、

巨大都市 TOKYO の異常な環境に対しての告発だと言う者もいる。

二度目のオリンピックの金満膨張で浮かれる知事の、
自身が告発されているかもしれない絵を
大切に思ってのことか
ひたすら隠したいと感じてのことか
見えなくなった絵の意味が語りかけてくる。

Ⅱ

見えなくなる

*

これは、見られるために作ったものだろうか。
少しだけ、異様な、
ヘルメットと防護服。
その姿は、
「サン、チャイルド*」と呼ばれていた。

忘れないために、
作ったものだと作者は言うのだけれど。

忘れるために、見ないことにする
無くなったら、見えなくなる？
感じなくなるのではないか。

*

これは、見えないものを感知するために。
莫大な金額が、
生活の思いに入り込む
「イージス・アショア」と呼ばれるものだ。

見えない、日本海の向こう側で、
弾道ミサイルの発射音がすると
す早く察知して、迎撃ミサイルで迎え撃つというものだ。

*

通りすがりの街並みの一区画が
見えなくなった。

何がそこに存在していたのだったろうか
見えなくなったものは、
素早く私の記憶と感覚を遠ざけている。

＊現代美術家・ヤノベケンジの少年像、撤去は二〇一八年九月一八日開始された。

見えないよ

*

写真家の大石吉野さんが
朝のニュース番組でインタビューに答えていた。
放射能は目に見えない
から
感じるために撮影をしていると
その被写体にあるのは
人間だ
残骸を残す原子力発電所の建屋
除染と称して剥ぎ取られた表土の詰められた黒い袋

立ち並ぶ冷却汚染水のタンク

*

放射能は目に見えない
から
港に陸揚げされる魚や海産物
毎年、続けられてきた実りのための農作業にも
風評というよりも
人間の
否定がある

*

見えない放射能
に
復興大臣の失言が何度も上書きされ
アンダーコントロールの首相発言が隠されても
経団連の会長が、

新規建設や再稼働を促しても
ＷＴＯ（世界輸出入機構）の判定は
危険が
見えると言っている

ランキングの町

＊

年末近くなって
慌ただしく、セールスの電話が入る
外壁塗装や屋根塗装の話だ
築一〇年にもなると
言われなくても
手を入れたくなるけどね。

＊

「住みたい町」第一位に選ばれたとしても
毎日が普通の暮らしであってみれば

何の感慨もないね。

開かずの踏切や
狭い道路に身を捩った三〇年が過ぎ去って
隙間のような土地にも
新たな生活を始める人たちの
住居が建てられているが
家族の歴史に類するような物語も
そこで作られるのだ

*

地表に残されているのは
掘り返された人の暮らしの、
痕跡の数々に、白く記号が付されて
横たわっている赤羽台遺跡。

建て替えのために撤去された、低層都営住宅の跡地には、公的な土地の記録が残される
だろう。
そして、何事も無かったかのように、再び人の暮らしの痕跡を剥いで、深くふかく掘り
込んで
いつまでも消えることのない構造物を埋め込むのだろう。

その上には、新装の高層住宅が聳え立つだろう。
台地の上に伸び上がった見晴らしのいい超高層のベランダから、遥かに東京スカイツリ
ーの彩色されたタワーが見えて、人々が歓声を挙げるのだろうか。

＊

全戸配布の災害マップに
押し寄せてくるだろう洪水の予測が
赤く濃く色付けされている
マップの風景が、ただただ平坦に拡がっている。

やがて、一面に草が覆い
かつてそこに何があったのか、
霜枯れた冬の風景と
ひれ伏した冬の雪を越えても、
新しい芽吹きを確認する、
人びとの暮らしを保証する春はこない。

ナビゲーションの地図には、
消えない町が映し出されている。

消えない町

そこには何もない。

地表に残されているのは
掘り返された人の暮らしの、
痕跡の数々に、白く記号が付されて
横たわっているのは赤羽台遺跡。

建て替えのために撤去された、低層都営住宅の跡地には、公的な土地の記録が残される
だろう。
そして、何事も無かったかのように、再び人の暮らしの痕跡を剥いで、深くふかく掘り

込んで
いつまでも消えることのない構造物を埋め込むだろう。

その上には、新装の都営高層住宅が聳え立つだろう。
台地の上に伸び上がった見晴らしのいい超高層のベランダから、遥かに東京スカイツリーの彩色されたタワーが見えて、家族が歓声を挙げるのだろうか。

＊

押し寄せてきた津波の攫っていった跡には
人びとの暮らした痕跡は家のコンクリートの土台だけがくっきりと残されている。
風景が、ただただ平坦に拡がっている。

やがて、一面の夏草が覆い
かつてそこに何があったのか、
霜枯れの晩秋と
ひれ伏した冬の雪を越えても、

新しい芽吹きを確認する、
人びとの暮らしを保証する春はこない。

「帰宅困難区域」放射能汚染地域という
警備や法律のラインに
何重にも区切られた境界に近づいて行く。
ナビゲーションの地図には、
消えない町が映し出されている。

新しい生活

新しい言葉が
盛られ
会話の中にも紛れ込んでいる。
馴染むために
ソーシャル・デスタンス
初めて使ってみた。

企業の使う見慣れたロゴの形が
少しだけ　離れ
先進的な陽の光を浴びている。

人と人の間にも
二メートルという具体的な数字が与えられ
行列が　点　点　点となっている
恐れの形で
離れ離れになっている

新しい言葉が
次々に生まれてきて
手洗い　うがい　を薦める歌が軽くかるく流れ
身体を揺らしている。

タワーマンションの区画の壁の外にも内側にも
デスタンス
微妙な風が吹いて

押し付けられた
新しい生活が
もう始まっている。

春を待つ

菜の花を摘む
早春のバス旅で摘んだ
食用ではない太い茎の上に黄色い花々を散らして
キッチンのテーブルを明るくしている

晩秋の選挙が騒いで
世界の巡りを狂わせている
人の群れが　右に揺れ
左に傾いて
フェイクな情報が刺し続けているのは

今日の世界のリズム
技術だけが空を飛び
地を這って
戦争への距離を狭めていると語る人もいて

水を激しく吸い上げているのは
計量カップの中の
山わさびの細く白い根と
真っ直ぐに伸び上がっている濃い緑の茎と葉

ここで三〇年の樹木が繁茂している森の彼方に
真新しい白いドームが
一〇〇年の未来を覆い隠して
そのなかで過去を処分しようとしている

安全・安心という国の政策のお墨付きと
「明るい未来の夢」
を公金を使ってバラまいていた
その電気発生装置の現在は
山積みされた黒い汚染土の袋と
処理不能の地下汚染水の貯蔵タンクが増え続けて
風景を異様にしている

くるみパンをつくりました

＊

今朝　はじめてくるみパンを焼きました。

＊

パレスチナ・ヨルダン川西岸ナビサレ村で
禁錮の刑期を終えてばかりの
一八歳の少女アヘド・タミミの話です。
「私は言います。占領が取り除かれるまで、抵抗は続きます」。
エルサレムを首都とすると宣言したトランプ大統領の決定に抗議デモが拡がる中で
タミミは自宅前にいたイスラエル兵を平手打ちして出ていくように要求。

母親ナリマンさんが動画で撮影し、ＦＢに投稿したところ、「抵抗の象徴」として人気
を集めた。
イスラエル当局は、タミミさんや母親らを「暴行容疑」などで逮捕、起訴した。
禁錮八カ月の有罪判決を受けて服役し、約七か月間収監されていた。

＊

パレスチナ自治区ベツレヘムの分離壁[註]に
二人のイタリア人芸術家が、逮捕されている少女タミミさんの巨大な肖像画を描いてい
た。完成間近のタミミさんの釈放前日、イスラエル当局に器物損壊の疑いで逮捕された。

ベツレヘムの分離壁は、世界中から集まる芸術家による落書きやアートが盛んで、パレ
スチナ壁面にはイスラエルの占領や、トランプ氏ら著名人の風刺画が数多く描かれてい
ることで有名だ。

＊

固く包まれた壁の内側から、
育まれた抵抗の種子が弾けて声となっている。

私は、今日くるみパンを食べます。

レシピ

*

薄切りにした
北国の固いたまねぎを
オリーブ油で炒める
ひたすらに
炒める
焦がさないように。

雪国舞茸を
まな板の上に拡げて

さくさくと切って
オリーブ油で炒める
ひたすらに
炒める
焦がさないように。

*

炒めた二つの具材を
併せて
水を八〇〇ミリリットルほど加え、
再び
加熱する。

浮いてくる灰汁を
丹念に取り除き、
さらにさらに煮込む。

ジューサー・ミキサーで
それをミキシングする、
とろとろになるまで。

深い鍋に移して、
煮込む、
水を足してサラりとさせる。
火を止めて、
固形のルーを一つ二つと落としていく
木のヘラでゆるりと混ぜて、
静かに浸透するのを待つ。
ふつふつと鍋の底から吹き上がって、
スパイスの効いた
香りを漂わせてくる。

ヨーグルトとバターを加えて、
味が馴染むのを待っている。

*

ベーコンをオリーブ油で炒めて、
薄切りの小茄子と
オクラのヘタを取り、ホールトマトの一塊り
ピーマンを細切りにして
フライパンの中に躍らせる。
そこに、
カレールーをお玉に一杯流し込むと
じうっと沸いて、
香りが強く立ち昇る。

これが、

夏カレーのレシピだ。

しるし

＊

驚くのは
二千二百年前の等身の焼き物に刻字されている漢字が
はっきりとした意思によって
はっきりとした区別を示している
という事実だった。

＊

秦の始皇帝陵の
周囲に配されている兵馬俑の、
一体一体の兵士や将官

戦車や馬たち
実在の部隊の隊列をつくって、前を向く人たちの顔。
八千体、
その壮大な規模に圧倒される。

＊

大陸のそこここに散らばって残されている
世界遺産の陵墓や
寺院の数々は、
時の権力に恐れられたか懐柔されたかで残されたものだが。

破壊を免れ残されてきたのは、
歴史の恩寵と
秘密の意思をつら抜こうと皇帝が意図した
権力の残酷さによるものなのだろうかと。

＊

小さな土盛りの山から掘り出されたのは
一体一体に生身の兵士たちの姿を写した兵馬俑だ。
その一体一体の足元に、
それぞれ違った一文字の漢字が彫り込まれている。

紙の神

生まれ年が羊だとして
こんなにも紙の本に取り巻かれて
こんなにも色々な種類の紙の装飾の
こんなにも様々な文字の印刷の畳まれた
家二軒分の古い木造の建物に収められているのは
欠乏している頭脳の求めている
空白を埋めるための
燃料
食料
衣料

そして愛情なのか
世界は
それでも開かれている

私の生まれ年が羊だとして
習性のように
一言
一行
一冊
生まれた詩集のように
一日
そして昨日　今日　明日が
紙の束になって
紙の山になって
一軒の家になって

さらにもう一軒の家になって
私の生まれ年が羊だとして

現在地

わたしのスマートフォン
は、ＧＰＳがＯＮになっている。

それほど
自分の現在の位置に不安を覚えているわけではないが。

長年の群れない生活のしこりが
孤独の歓びから
わずかに浮き出していて、
日々の事件や世界の動乱の叫びや怒りに同調するものがあるのだ。

ヨーロッパは、
人々の作った土地だから
強固な建物が聳えるように生えている。
この日本という国は、
むしろ、土地から人間が生まれているんだね。

「棟上げ」工事の知らせが
投げ込まれたチラシに有って、
五年以上前の古い地図帖は、何を失い、何を
残して、現在に向かっているのか
それでも、新参の私の現在地はここにある。

確かに、スマートフォンの地図には、
矢印の記号が立ち

「東京都北区赤羽西○丁目○番地○号」と
青いプレートの地番表示が、塀の一角にも、
郵便受けにも貼り付けられている。

スマートフォンの
私のＧＰＳはＯＮになったままだ。

雪虫の群れ飛ぶ日

＊

一〇月中旬の旅で
オホーツクの地で白く群れ飛ぶ虫があって
雪虫
というのだとバスガイドが簡単に説明をしていた。

知床のウトロ漁港は
強風と高い波に閉ざされているが
塩分の濃い大浴場の湯は
身の深いところまで暖めてくれている。

この年、北の地への旅を決めたのは
少し緩んで来ている生活を
寒さと風土の厳しさに晒したいと考えたのではなかったか。

広く拡がる畑には、
早着のはくちょうが白い群れを作っていた。
大きな角を持つエゾシカの草を食む姿や
オジロワシの樹の上から鮭を狙う形も
写真に捉えてしまったが。

*

強い風に吹き晒されて、
白樺の並木が
オホーツク流氷館への道を整えている。
晴天の青い空に

今を病む人や死への途乗りを終えた人の姿を
辿ってしまっているが。

＊

一九六五年一〇月二〇日の朝、
北海道中部の都市　滝川駅の小さなプラットホーム
旅立ちの不安な眼に
白くしろい雪虫が群れ飛んでいた。

あとがき

この著作が、一九七五年発行の第一詩集から数えて、私の一〇冊目の単行詩集になるが、特別な思いはない。

自身で、詩誌を発行し、詩誌の会員にもなり、それぞれの作品締め切りや発行に合わせて、特集に対するテーマやその時々の問題を考察して、書き継いできているのだから、詩を生きることに繋がる結果として、自然に、作品は生み出されてきたものと言ってよいだろう。

前詩集から四年、ルーチンとして、自身の内面も含めて、周囲の、日本の、世界の生み出す波動をどう受け止めるのか、立ち止まりながら考えてきたようだ。

作品の初出は、「詩人会議」「いのちの籠」「飛揚」「民主文学」「青芽反射鏡」「洪水」の各詩誌に発表したものであるが、少し手を入れたものもある。

老いと病気に絡められながら、初めての経験として老いも受け止める。そのような日々を、詩で生きることは、むしろ幸福なことだと言えるのではないか、そこで初めて、何が詩なのかを感じ取る機会が生まれるのではと思うのだ。

二〇二〇年一〇月　新型コロナ禍の東京で

〈著者略歴〉

一九四三年一月二十六日、北海道滝川市生まれ

詩集に『ないないづくしの詩』『冬の棘』『夕陽屋』『苦文異聞』『初めての空』『ヤスクニノート』『草の研究』『マー君が負けた日』『アメリカわすらい』『マザー・コード』等の単行詩集。カセット詩集『葵生川玲詩集』朗読・松村彦次郎）日本現代詩文庫『葵生川玲詩集』などがある。

編著に『現代都市詩集』『羊の詩―一九四三年生まれの詩人たち』『葵生川玲詩集成』があり、評論・エッセイに『詩とインターネット』『詩人・黒田三郎近傍』がある。

これまで、「詩と思想」編集委員、参与、編集長「日本現代詩人会」理事、理事長。「詩人会議」常任運営委員、などを歴任してきた。現在は、視点社「飛揚」編集長を務めている。

□詩集　マザー・コード
□発行日　二〇二〇年十一月一五日初版第一刷発行
□著　者　葵生川玲
□定　価　一七〇〇円（税別）
□発行人　横山智教
□発行所　視点社
115-0055　東京都北区赤羽西二―二九―七
電話・FAX 〇三―三三九〇六―四五三六
□編　集　葵生川玲
□装　幀　滝川一雄
□印刷・製本　モリモト印刷株式会社